CLAIREFONTAINE
L'école des Bleus

L'éditeur tient tout particulièrement à remercier
pour leur aide précieuse :

Alexandre Chamoret, Directeur de la communication
de la Fédération Française de Football

Éric Latronico, Directeur du Centre National du Football
de Clairefontaine, et son équipe

Philippe Mayen, Chef de service adjoint de la Rédaction
de la Fédération Française de Football

Jean-Claude Lafargue, Directeur de l'Institut National
du Football, et son équipe

Marie Trubert, Responsable merchandising
de la Fédération Française de Football

Cédric Blanc, Chef de projet Licensing de la Fédération
Française de Football

Guillaume Naslin, Délégué général du Fondaction du Football

LE CHOC

Fabrice Colin

Illustré par Christine Chatal

MATHIS

Jovial et sensible, Mathis joue en milieu
de terrain où il s'efforce de faire oublier
qu'il vient d'une famille « intello »
peu portée sur le foot.

DÉSIRÉ

Milieu de terrain très doué,
Désiré doit cependant apprendre
à se faire confiance
s'il veut un jour devenir pro.

NOLAN

Défenseur, c'est l'un des piliers
de la bande. Très mûr, il joue souvent
un rôle de grand-frère pour ses copains.

YANNIS

Surnommé « El Diablo » par ses amis,
Yannis joue en avant-centre.
Turbulent et étourdi,
c'est le blagueur du groupe.

PABLO

Véritable bible du foot, Pablo est une référence
pour ses copains. Il connaît tous les matchs !
Son physique impressionnant fait de lui
un défenseur redoutable.

RAFIK

Rebelle aux coiffures improbables,
Rafik se fait autant remarquer
par son instinct de buteur
exceptionnel que par ses fréquentes
sautes d'humeur.

JORDAN

Franco-américain, Jordan
est gardien de but. Positif,
enthousiaste, un peu crâneur,
il a parfois tendance à en faire trop.

CLAIREFONTAINE
L'école des Bleus

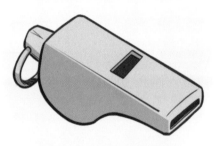

Un soleil radieux baignait les installations de Clairefontaine. Sur la pelouse Michel-Platini, près du stade couvert dans la partie basse du Centre, les joueurs de l'Équipe de France « A » se préparaient pour une rencontre internationale. Il régnait au CNF une effervescence particulière, dont le Château semblait être le point central.

Les élèves de première année de l'Institut National du Football, eux, s'entraînaient sur l'un des terrains gazonnés de la Grande Plaine, à la lisière de la forêt.

Un jeudi après-midi d'automne, sept

contre sept sur un demi-terrain. Ça aurait dû être un petit match comme les autres.

Dans la première équipe : Jordan, « Brad Pitt », comme le surnommaient parfois ses copains à cause de ses origines américaines ; Nolan, dont l'autorité naturelle, semaine après semaine, s'imposait à ses camarades ; Mathis ; et Rafik, « le rebelle », en avant-centre.

Dans l'autre : Pablo, la « tour de contrôle » (qui continuait de grandir au rythme d'un bon centimètre par mois) ; Désiré, connu et apprécié pour son calme imperturbable ; et Yannis, « la tornade » – l'insaisissable attaquant qui faisait rire tout le monde.

Il y avait d'autres première année avec eux, bien sûr, mais ces sept-là avaient fini par former un groupe d'amis soudés et solidaires : *la Team*, comme ils s'étaient eux-mêmes baptisés. Cela faisait seulement un mois et demi qu'ils étaient ensemble, mais sur la pelouse, dans le car, au collège, dans les couloirs, au réfectoire, ils ne se quittaient plus.

— C'est dingue, avait fait remarquer Yannis, un soir, j'ai l'impression qu'on se connaît depuis des siècles !

Le directeur de l'INF, M. Pelletier, voyait cette complicité d'un bon œil. Ce qui ne l'avait pas empêché de mettre les garçons en garde :

— N'excluez pas les autres : une bande de copains, c'est bien. Une équipe, c'est encore mieux.

— Ne vous inquiétez pas, avait lâché Nolan avec un clin d'œil : copains ou pas, sur le terrain, on redevient des compétiteurs.

Ses amis ne l'avaient pas contredit. Tous ne songeaient qu'à une chose : devenir le meilleur possible. Progresser, encore et toujours. Pour, un jour, intégrer un grand club pro.

— Prêts ? demanda Frédéric Gerner, leur coach, au moment de siffler le coup d'envoi.

9

Bon, pour ce match, je veux voir circuler le ballon. Je veux voir de la technique, de l'application, de l'engagement. Tous les matchs sont importants. Ils peuvent tous vous apprendre quelque chose sur vos performances : comme ceux du week-end avec votre club, pour lesquels on vous demande de remplir une fiche d'auto-évaluation. Allez, on y va !

Il donna un coup de sifflet énergique et s'écarta pour laisser les joueurs s'exprimer.

Nolan, à qui on avait adressé une passe en retrait, releva aussitôt la tête. Ce qu'il aimait, lui, c'était distribuer le jeu, initier les actions. Il avait vu assez de matchs de l'Équipe de France pour savoir que, souvent, la construction d'un but commençait au niveau de la défense. Les milieux se déployaient, les attaquants se tenaient à l'affût – prêts à faire un appel – mais c'étaient bien les défenseurs qui, à leur façon, donnaient le top départ.

Balle au pied, il s'avança de quelques mètres, profitant de l'espace que lui offraient ses adversaires. Puis, voyant que Yannis venait couper sa trajectoire, il prit le temps d'ajuster et adressa une transversale au millimètre près à Mathis, qui contrôla de la poitrine.

— Bien, Nolan! s'exclama le coach.

Content de lui, le défenseur monta d'un cran, entraînant Léo, son coéquipier, à sa suite.

Dix minutes plus tard, le score était toujours vierge, et l'équipe de Nolan n'avait guère été inquiétée. De temps à autre, le défenseur central s'aventurait jusqu'au milieu du terrain pour porter le danger dans la partie adverse. Soudain, il trouva une ouverture. Parfaitement dosée, sa passe permit à Rafik, l'attaquant de pointe, de tenter une percée. D'un crochet rapide et imprévisible, « à la Mbappé », ce dernier effaça le défenseur latéral et se retrouva face à Pablo. Mais leur copain défendait son but avec ardeur. Avec lui, devina Nolan, ça n'allait pas être aussi simple. Rafik le sentit aussi et revint chercher du soutien. Nolan jeta un coup d'œil sur les côtés. Aucun de ses coéquipiers ne se présentait. C'était à lui d'apporter du soutien! Soulagé, Rafik lui passa le ballon.

Un boulevard s'était ouvert sur le côté. Nolan saisit l'occasion : il s'y engouffra, accéléra, puis repiqua vers le milieu de terrain. Peut-être allait-il pouvoir tirer au but? Il jeta un œil par-dessus son épaule pour voir si l'un de ses partenaires n'était pas mieux placé pour marquer. Ce fut la seconde de trop : au même moment, lancé comme une fusée, Pablo arriva sur lui. Nolan voulut dribbler, mais ne parvint pas à esquiver le tacle de la « tour de contrôle ». C'était un tacle énergique, pas spécialement agressif. Mais Nolan, qui avait pivoté trop tard, ne put éviter le choc.

Les crampons de Pablo s'enfoncèrent dans sa cheville. Hélas, les pieds de Nolan étaient solidement plantés au sol. Au lieu d'encaisser avec souplesse, son mollet droit ne bougea pas. Et une seconde plus tard, tombant à terre, une vague de douleur remontant le long de sa jambe, le défenseur ne put s'empêcher de se dire qu'il avait entendu quelque chose craquer.

★

2

— **Nolan ? Ça va ?**

À terre, doigts serrés sur sa cheville, le défenseur se força à sourire à ses amis. Il leva la tête vers Pablo.

— Ouais... enfin... tu m'as pas raté.

Son copain se frottait la nuque, très embêté.

— Désolé. J'ai pas réussi à freiner. Ça va le faire ?

— J'imagine.

Nolan se releva, aidé de ses coéquipiers. En vérité, ça n'allait pas fort : il pouvait à peine poser le pied au sol.

Frédéric Gerner fronça les sourcils en regardant le défenseur clopiner.

— Nolan, tu sors du terrain, va t'asseoir, ordonna-t-il.

— Juste cinq minutes alors! tenta de protester le défenseur.

Avec une grimace, il s'installa sur le banc à côté des remplaçants, qui se poussèrent pour lui faire de la place. Frédéric s'accroupit devant lui pour voir comment les choses se présentaient.

— Coach, je vous promets, ça va!

— T'es tout pâle, lui signala Samuel, son

voisin. Si c'est la cheville, tu t'es peut-être fait une entorse.

Nolan secoua la tête. Une entorse ? Il ne voulait pas en entendre parler. Non, non. Quelques minutes de repos, et ses sensations reviendraient.

— On va voir comment les choses évoluent, lui glissa Frédéric. Si ça ne va pas mieux dans quelques minutes, je t'envoie au Centre médical.

Bravement, Nolan essaya de reporter son attention sur le match et son équipe. Servi par Mathis, Rafik s'était ouvert un angle de tir à l'entrée de la surface adverse. Il effectua une feinte de corps, élimina un milieu défensif revenu en catastrophe et, d'une frappe puissante, trouva la lucarne.

Samuel se leva d'un bond, poings dressés vers le ciel. Nolan voulut l'imiter, mais la douleur, fulgurante, le força aussitôt à se rasseoir. Il se courba pour se masser la cheville.

Quelque chose n'allait pas. Non seulement la douleur ne s'en allait pas, mais elle devenait de plus en plus vive.

— Je n'aime pas ça, fit Frédéric, qui n'avait rien perdu de la scène.

Nolan grimaça et serra les dents. Impossible de poser le pied par terre, maintenant. Une entorse ? C'était combien de semaines d'indisponibilité, ça ?

Le match s'était arrêté : tout le monde avait bien vu que quelque chose clochait. Frédéric se baissa pour examiner la cheville de son défenseur.

— Aïe !

Nolan n'avait pu retenir son cri. Sa bande de copains s'était rassemblée autour de lui.

— Coach, vous croyez que c'est grave ? demanda Yannis.

Frédéric se leva, préoccupé.

— Ça a l'air assez sérieux, oui. Je vais appeler le responsable du Centre médical pour qu'ils envoient une voiturette. En attendant, faites-lui un peu plus de place sur le banc pour qu'il puisse allonger sa jambe.

Jordan, Désiré, Rafik et Mathis regardaient leur copain avec compassion. Pablo, tête basse, se tenait en retrait.

— Tu l'as coupé en deux, lui souffla Rafik.

— C'était pas volontaire : tu l'as bien vu !

Pablo commençait à se sentir mal. Tous savaient pourtant qu'il n'avait jamais voulu blesser son ami !

3

André Voisin, l'un des médecins, et Laurent Delaroche, le kiné, attendaient le blessé sur le seuil du Centre médical quand la voiturette se gara.

— Que s'est-il passé? s'enquit le docteur Voisin une fois qu'ils furent installés dans son cabinet.

Nolan marmonna quelques mots : inattention, tacle... Pendant ce temps, le médecin examinait sa cheville le plus doucement possible. Le défenseur devait prendre sur lui pour ne pas crier. Le docteur Voisin se releva. Il avait l'air embêté.

— Nous allons devoir faire une radio de ta cheville.

— C'est si grave que ça?

— On n'en sait rien, répondit Laurent avec un clin d'œil, c'est bien pour ça qu'on doit en avoir le cœur net.

Nolan, courageusement, fit mine de se relever. Le médecin secoua la tête.

— Il vaut mieux que tu arrêtes de forcer. Je vais appeler l'infirmière. Et ne t'inquiète pas, une radio, ça ne fait pas mal.

Désiré et Jordan – qui avaient suivi la voiturette à pied – patientaient à présent dans le hall d'accueil du Centre. Bientôt, Pablo les rejoignit. Frédéric et le directeur de l'INF arrivèrent deux minutes plus tard. L'entraînement était terminé.

— Qu'est-ce que le médecin a dit? demanda Pablo timidement à ses copains.

— Il faut attendre les résultats de la radio.

Attendre: c'était tout ce que pouvait faire

Nolan, lui aussi. La radiographie n'avait pas pris longtemps, et le médecin examinait d'ores et déjà le cliché pour poser son diagnostic. Quelques minutes qui parurent interminables au garçon.

Nolan essaya de faire bonne figure quand le docteur Voisin entra dans la pièce, la radio à la main.

— Les nouvelles ne sont pas très bonnes, mon grand. Désolé.

Nolan déglutit. L'infirmière, qui tenait un verre à la main, le lui tendit avec un sourire navré. Puis lui passa un comprimé.

— Tiens, cela devrait te soulager un peu.

Le défenseur fixa la pilule.

— C'est quoi?

— Un antidouleur, répondit le médecin. Tu dois avoir sacrément mal.

Nolan avala le médicament sans protester.

— Voilà ce que ça donne, reprit le docteur. Nous avons procédé à une radiographie face et profil de ta cheville droite, parce que nous craignions une fracture. Hélas, nous avions vu juste.

Le jeune joueur sentit les larmes lui monter aux yeux.

— Ça va me poser des problèmes, pour continuer le foot ? Je pourrai reprendre quand ?

Le médecin ne put s'empêcher de sourire.

— Eden Hazard, tu connais ?

— Oui...

— Il s'est fracturé la cheville. Trois mois après, il rejouait. Aujourd'hui, il a retrouvé son meilleur niveau. Je pourrais te citer dix autres exemples. Plus tu es blessé jeune, plus tu te remets rapidement. Considère ça comme un point positif.

— En combien de temps ?

— Quoi ?

— Je pourrai retrouver mon niveau en combien de temps ?

— Tu souffres d'une fracture de la malléole externe avec déplacement : ça veut dire que ton os a un peu bougé. Tu vois, ici ?

Il lui montrait sur le cliché radio la zone blessée. Nolan plissa les yeux. Ce n'était pas très clair.

— Comment ça se guérit ?

— Très bien. C'est une fracture simple, sans complications. Les ligaments n'ont pas été touchés. Mais il va falloir opérer.

— Quoi ?

Le médecin prit une grande inspiration.

— Pour remettre les os en place. Tu n'as jamais été opéré ?

Le défenseur fit un non énergique de la tête.

— Ça va faire mal ?

Le docteur Voisin soupira.

— Sur le moment, non, bien sûr. Tu seras endormi. Ensuite... Je ne vais pas te mentir : ça ne va pas être la période la plus agréable de ta vie. Mais nous allons tout faire pour que tu retrouves les terrains le plus rapidement possible. Crois-moi, nous disposons ici d'une excellente équipe de rééducation post-chirurgicale, et chacun sera aux petits soins pour toi. Tu sais que notre Centre médical a reçu le label « Medical Center of Excellence » de la FIFA ? Il y a assez peu d'endroits au monde qui peuvent en dire autant ! Si tout se passe bien, et si tu joues le jeu, dans trois mois, tu pourras de nouveau taper dans un ballon.

— Tant que ça ?

De nouveau, Nolan sentit son regard se brouiller. Trois mois ! Une éternité !

— Ça va passer vite, lui glissa l'infirmière. Dans quelque temps, ça ne sera plus qu'un mauvais souvenir.

— Où est-ce que tu habites? s'intéressa le médecin.

— À Buchy. Près de Rouen.

— Tu as des frères? Des sœurs?

— Deux sœurs. Des jumelles. Elles ont 9 ans. Pourquoi vous me demandez tout ça?

Le médecin sourit.

— C'est important d'être bien entouré. Ça se passe comment, à la maison?

Nolan s'essuya les yeux.

— On se débrouille.

— Je vois. Je suppose que tes parents sont très fiers de toi.

— Je... Je crois, oui.

— Bon. Nous allons les prévenir de ton transfert au centre hospitalier de Rambouillet. Pour l'opération, précisa-t-il. Ensuite, tu reviendras à Clairefontaine afin d'effectuer ta rééducation. Il est important que tu ne perdes pas le contact avec le terrain – avec tout ce qui se passe ici. Et il faudra que tu discutes avec ton copain de ce qui s'est passé pendant l'entraînement. Pablo, c'est ça ?

— Oui, Pablo. Mais je ne lui en veux pas, ajouta aussitôt Nolan. Il n'a pas fait exprès.

Le médecin rangea la radio dans une enveloppe.

— Je m'en doute bien, mon grand. Mais, crois-moi, ce n'est pas aussi simple. Il est important que vous évoquiez le sujet. Tu vas être indisponible pendant un bon moment. Tu dois mettre ce temps à profit pour te soigner sérieusement, surveiller ton alimentation, progresser au collège, mais aussi réfléchir. Et il arrive qu'on ne sache pas trop quoi faire de tout ce qui se passe dans la tête. Bon, tu es prêt ? J'appelle un brancard.

Un brancard... Le mot fit l'effet d'une douche froide à Nolan. Trente minutes plus tôt, il était encore sur le terrain, balle au pied. Et voilà qu'on allait le transporter sur une civière.

Des images lui revenaient, des vidéos de matchs qu'il avait vus à la télé. Des joueurs évacués du terrain à l'horizontale, une main sur le visage. En larmes, parfois. Aujourd'hui, Nolan avait l'impression de les comprendre.

4

Regroupés autour de son brancard, devant l'ambulance, les amis de Nolan – qui avaient été autorisés à lui dire au revoir – lui prodiguaient des encouragements et des conseils. Yannis, lui, avait déjà été opéré : du poignet, quand il avait 6 ans.

— On te met un masque sur le visage et on te dit de compter jusqu'à 5, et tu en es à peine à 2 que tu t'endors. Trop chelou !

— On viendra te voir à l'hôpital ! promit Jordan. On t'apportera des cookies. Tu les veux à quoi ?

Frédéric était là également, et Antoine

Pelletier, le directeur, qui avait discuté avec le médecin de la meilleure prise en charge possible pour le blessé. Eux aussi lui glissèrent quelques paroles de réconfort. Des blessures, ils en voyaient chaque année, et parfois des plus graves.

— Tu vas vite te remettre sur pied, promit le coach. Toute l'équipe est là pour ça.

— En plus, renchérit Yannis, la Team sans toi, c'est plus vraiment la Team. Alors on t'attend, hein. Mais ne tarde pas trop !

Nolan était ému. Cela ne faisait pas si longtemps qu'ils étaient arrivés à Clairefontaine, lui et les potes. Pas si longtemps que le rêve était devenu réalité. Et il voyait bien combien il comptait déjà pour eux. Il était le meneur – pas seulement de la défense, au sein de son club de Rouen, mais de leur petite bande, ici, à Clairefontaine.

Bientôt, on fit descendre ses copains, puis les portes se refermèrent avec un claquement

et l'ambulance démarra. À travers la portière arrière, Nolan aperçut un bout de la réplique géante de la Coupe du monde de 1998, plantée au milieu de la pelouse, non loin de l'entrée du Centre. Le trophée était dans l'ombre...

Dès son arrivée à l'hôpital, on le conduisit dans une chambre au troisième étage et on l'installa dans un lit. Le chirurgien qui allait l'opérer arriva bientôt et lui répéta ce que le docteur Voisin lui avait déjà laissé entendre : il s'agissait d'une opération relativement anodine, qui n'était pas censée laisser de séquelles. Avec une bonne rééducation, dans trois ou quatre mois, il n'y paraîtrait plus.

— Et question kiné, tu es entre les meilleures mains possible à Clairefontaine. Donc, ne t'inquiète pas, d'accord ?

Le collège avait été prévenu. Il n'allait manquer que quelques jours de classe. Dès lundi, il reprendrait les cours. Et la Fédération

Française de Football, déjà alertée, se charge-
rait de toutes les démarches administratives
qu'impliquait sa blessure.

— Des questions?

Nolan n'avait pas l'esprit super clair. Tout
s'était déroulé si vite...

Son opération eut lieu en fin d'après-midi.
Il n'eut pas le temps d'avoir peur. Comme
le lui avait expliqué Yannis, on lui appliqua
un masque sur le visage.

— Raconte-moi un peu comment ça se
passe à Clairefontaine, lui demanda l'anes-
thésiste, penchée sur lui.

Il voulut ouvrir la bouche pour parler mais,
avant d'avoir compris ce qui se passait, il
sombra dans l'inconscience.

Nolan ouvrit les yeux. Venait-il de marquer un but? En tout cas, le match était terminé, la France avait gagné, et tout le stade
scandait son nom. Radieux, il se tourna

vers les tribunes où, il le savait, se tenaient ses parents et ses sœurs. Une main sur le cœur, un sourire radieux sur le visage, il leur adressa un signe complice. Puis, alors que ses partenaires, regroupés derrière les buts, saluaient le public, un journaliste, micro en main et un cadreur derrière lui, s'approcha.

— Nolan, Nolan, juste un moment, s'il vous plaît !

— Pas de problème.

Il ôta son maillot et le passa à un joueur de l'équipe adverse qui voulait absolument le garder en souvenir. Ce qui était étrange, c'est qu'il ne savait même pas quelle était l'équipe qu'ils venaient de battre. Une chose semblait sûre : c'était grâce à lui.

— Nolan, commença le journaliste, merci de nous accorder ces quelques instants, vous avez encore réalisé un match plein, et ce soir, si la France gagne, c'est en grande partie à vous qu'elle le doit ! Quels sont vos sentiments ?

— Eh bien… Je voulais remercier…

— Vos partenaires de Clairefontaine, c'est ça ?

— Oui, voilà.

— Et particulièrement l'un d'entre eux. N'est-ce pas, Nolan ? Un certain Pablo, peut-être ?

Le jeune garçon se tourna vers les tribunes. Des banderoles étaient déployées, avec son nom inscrit dessus. « Courage, Nolan ! », « Tu peux le faire ! » ou « Nolan, on t'aime ! ».

— En fait… commença le défenseur.

La vérité, c'est qu'il ne savait pas trop quoi dire.

— En tout cas, la France est éblouie par votre exploit.

— J'ai juste fait mon job.

— Peut-être, mais sur un pied unique. C'est du jamais-vu !

Le défenseur sentit un frisson le parcourir et baissa lentement les yeux. Là où aurait dû se trouver son pied droit, il n'y avait… rien.

Il tenait debout sur sa seule jambe gauche. L'autre s'arrêtait au niveau du mollet.

Elle n'était pas coupée. Simplement, le pied manquait.

Nolan releva la tête. Sourire jusqu'aux oreilles, le journaliste lui tapota l'épaule.

— Tu as sauvé la France, mon frère.

Tiens... Il était passé au tutoiement ? Nolan voulut répondre, mais la tape l'avait déséquilibré. Incapable de se tenir sur ses deux jambes, il se sentit basculer en arrière.

C'est alors qu'il ouvrit les yeux.

— Ça va, mon chéri ?

5

Sa mère se tenait à son chevet. Un sourire inquiet éclairait son visage. Nolan se tourna vers la fenêtre. La nuit était tombée.

— Quelle heure il est?

— 21 heures. Tu es resté un moment en salle de réveil. Ils t'ont remonté il y a une demi-heure.

— Tu es venue...

— ... aussi vite que j'ai pu. Ils avaient déjà commencé à t'opérer quand je suis arrivée.

Nolan se sentait lourd. À peine capable de soulever sa tête de l'oreiller. Il était heureux que sa mère soit là.

— Et papa?

— Il est resté à la maison avec tes sœurs. Moi, j'ai quitté le travail plus tôt, et je repars demain matin à la première heure. Tu as mal quelque part?

Le défenseur secoua la tête.

— Je me sens... tout cotonneux. Comme si j'avais fait une sieste trop longue.

— Ce sont les antidouleurs. (Elle souleva le drap.) Regarde, ils t'ont fait un beau plâtre. Tes copains vont pouvoir dessiner dessus.

« Tes copains »... Il les imaginait. Dans les couloirs du dortoir, en train de chahuter. Est-ce qu'ils pensaient à lui, à cet instant?

— J'ai soif.

Sa mère, empressée, lui servit aussitôt un verre d'eau. Il la remercia et le vida d'un trait. C'était bizarre : soudain, il avait besoin de solitude.

Il songeait à tout ce qui l'attendait. Plusieurs semaines avec ce fichu plâtre. Et le travail derrière...

Ses paupières se fermaient toutes seules.
Sa mère déposa un baiser sur son front.

Le lendemain matin, peu après le départ de sa mère et le petit déjeuner, apporté très tôt dans sa chambre, le chirurgien revint, accompagné d'une infirmière. Il avait l'air satisfait.

— L'opération s'est idéalement passée, Nolan. Dans les jours qui viennent, ta cheville va un peu gonfler, et tu risques de le sentir. (Il agita une boîte d'antalgiques, qu'il déposa sur la tablette près du lit.) Tu peux prendre un cachet toutes les quatre heures, mais pas plus.

— Quand est-ce que je sors?

— Cet après-midi.

— Et quand est-ce qu'on m'enlève mon plâtre?

— Dans quatre semaines, si tout va bien. D'ici là, tu seras suivi par le médecin de Clairefontaine. Il t'injectera des anticoagulants.

— Comment ça, « injectera » ?

— Ne me dis pas qu'un grand gaillard comme toi a peur d'une piqûre! Tu joues à quel poste?

Nolan se redressa sur ses coudes.

— Défenseur.

— Bon. (Le chirurgien lui adressa un franc sourire.) Il ne faut pas que ça te coupe l'envie de tacler, hein.

— Ce n'est pas moi qui taclais.

— Ah bon? Quoi qu'il en soit, je te souhaite un bon rétablissement, Nolan. On se revoit dans un mois, c'est moi qui t'enlèverai ton plâtre. Tu peux commencer à barrer les jours sur le calendrier!

Le départ de l'hôpital était programmé pour 15 heures. Comme on était vendredi, il était prévu que Nolan soit reconduit directement chez lui, et non à Clairefontaine.

La matinée lui parut interminable : des trucs idiots à la télé, l'infirmière qui venait sans cesse vérifier sa perfusion, prendre sa tension… Quand il fallut passer à la douche, ce fut toute une acrobatie pour ne pas mouiller son plâtre. Enfin, l'heure du déjeuner arriva. Un morceau de rôti tiède, de la purée, une pomme… En fait, Nolan n'avait pas très faim.

Peu de temps après, il était en train de s'endormir lorsqu'on frappa à sa porte.

— Entrez !

La tête de Frédéric Gerner apparut dans l'entrebâillement.

— Salut, le grand blessé !

L'entraîneur entra, suivi de Mathis, Rafik et Yannis.

— Alors mec, pas trop dur de se reposer ? lança Rafik.

Yannis, qui s'était posté à la fenêtre, émit un sifflement.

— Troisième étage ! Pas évident pour s'échapper.

Mathis, lui, se pencha sur le plâtre.

— Ça fait mal?

— Pas vraiment. Ça serre.

— On pourra dessiner des trucs dessus?

— Ouais, mais il faudra me dire quoi *avant*.

Ils rirent.

Le coach, qui ne voulait pas troubler leurs retrouvailles, feuilletait *L'Équipe*. Mathis sourit.

— Tous les autres te passent le bonjour. Ça va faire un vide sur le terrain.

— Je reviens bientôt. Pablo n'est pas avec vous?

Mathis haussa les épaules.

— Il n'osait pas. On lui a dit que c'était idiot, mais il n'a rien voulu entendre. Il se sent super mal, tu sais.

— Ce n'était pas sa faute.

— Bonne chance pour le convaincre de ça.

— Ils t'ont dit quand tu allais rejouer ?
demanda Yannis en s'asseyant sur le bord
du lit.

La tête de Nolan retomba sur l'oreiller.

— Pas tout de suite, lâcha-t-il.

De nouveau, il se sentait fatigué – déprimé.
Parfois, il arrivait à se convaincre que ces
trois mois (ou quatre, avait laissé entendre
le chirurgien) passeraient vite. L'instant
d'après, il calculait la durée en semaines,
en jours, en matchs ratés, en retard pris sur
les autres... Et il avait l'impression qu'une
montagne se dressait devant lui.

Ses amis comprirent rapidement qu'il avait
besoin de souffler. Ils lui souhaitèrent bonne
chance, lui donnèrent rendez-vous lundi, et
sortirent. Frédéric Gerner, lui, resta quelques
minutes de plus à son chevet.

— Comme tu le sais, ce n'est pas la première fois que nous avons des joueurs

blessés. Nous avons connu des cas plus graves que le tien. Mais je ne suis pas en train de te dire que ce sera particulièrement facile. Nous avons un psychologue, à Clairefontaine. Ce serait bien que tu ailles le voir, tu auras sans doute besoin de parler après tout ça. Pour le reste, le directeur technique national m'a chargé de te souhaiter un prompt rétablissement, alors... repose-toi bien, on t'attend tous lundi !

6

Nolan passa le week-end chez lui. Ses parents lui avaient installé un transat dans le jardin afin qu'il puisse profiter un peu de ces beaux jours d'automne. Ses petites sœurs le chouchoutaient : elles lui avaient même préparé un cake de bienvenue.

Appuyé sur ses béquilles, il trottinait dans la maison sur un pied. Mais ses bras fatiguaient vite.

— Ça va te faire des biceps en acier, commenta son père.

Nolan sourit ; il essayait de faire bonne figure.

Le dimanche, son père le conduisit à Rouen, où son équipe jouait un match important contre le premier de la ligue. Ses coéquipiers perdirent 2-1, et il ne put s'empêcher de penser que ça ne se serait pas fini ainsi s'il s'était trouvé sur le terrain.

Ils repassèrent chez lui pour prendre ses affaires. Le week-end était déjà terminé. Pour la première fois, il regrettait presque de reprendre le chemin de Clairefontaine. Qu'allait-il faire, là-bas, avec son pied dans le plâtre? Comment allait-il aider ses coéquipiers?

Le soir, lorsque son père le laissa devant sa chambre (il l'avait accompagné tout du long, son sac en bandoulière), il ressentit un pincement au cœur. Enzo, son voisin de chambre, n'était pas là : il était sans doute en train de réviser pour le contrôle de maths avec les autres. Il aurait pu les rejoindre, mais il ne se sentait pas dans l'ambiance.

— Tu es sûr que ça va aller ?

Son père se faisait du souci pour lui. Appuyé sur ses béquilles, Nolan hocha bravement la tête.

— T'inquiète, papa. Tu peux partir.

Son père l'embrassa maladroitement, puis tourna les talons. Le défenseur se laissa tomber sur son lit et lutta pour refouler les larmes qui montaient.

— Hé. Ça roule ?

Enzo, qui jouait milieu de terrain, se tenait sur le seuil. C'était un garçon discret et assez timide, originaire de la Réunion. Il prit une boîte en plastique sur son bureau et la tendit à Nolan.

— Tiens. Ma mère a fait ça pour toi.

Le défenseur l'ouvrit. Il y avait un gâteau à l'intérieur, coupé en parts rectangulaires.

— C'est quoi ?

— Gâteau patate. Une spécialité de chez nous.

Nolan se força à sourire.

— Tu remercieras ta mère. Mais je ne sais pas si c'est une bonne idée. Je ne vais pas bouger beaucoup, tu sais. Il ne faut pas que je mange trop si je veux garder mon poids de forme.

Il se releva, attrapa ses béquilles et sortit, suivi des yeux par un Enzo dubitatif.

Il tomba sur Yannis. Tout sourire, son copain lui décocha un petit coup de poing à l'épaule.

— Comment va, *plâtre-man*?

Nolan tapota son plâtre avec sa béquille.

— Bof. J'ai le mollet qui gonfle, alors je suis obligé de prendre des antidouleurs, mais il faut que je fasse attention parce que ça fait mal au ventre si tu en prends trop et...

— Hé, Désiré!

Déjà, le petit attaquant ne l'écoutait plus. Il adressait un signe à leur copain, qui descendait l'escalier de l'étage réservé en principe aux élèves de deuxième année.

— En fait... continua Nolan.

— Tu me raconteras ça plus tard, le coupa Yannis. Il faut absolument que Désiré m'explique un truc en maths. À plus !

Et il le laissa là, emprunté, appuyé sur ses béquilles.

Péniblement, Nolan s'engagea dans le couloir. Il passa devant une porte ouverte, et s'arrêta. Assis sur son lit, un garçon le regardait : Pablo.

— Salut, fit Nolan.

— Salut.

Et ce fut tout.

Plus tard, assis sur un des canapés de la salle de détente, ses béquilles posées à côté de lui, le défenseur raconta la scène à Mathis.

— Tu te rends compte ? Il ne m'a même pas

demandé comment j'allais. Si j'avais mal...

— Faut pas lui en vouloir, soupira Mathis. Il se sent super mal, je te jure. Je crois qu'il ne sait pas comment aborder le sujet avec toi.

— Il n'y a rien à aborder. C'est arrivé, c'est tout. Moi, je suis déjà passé à autre chose. Il faudrait qu'il fasse pareil.

— T'es sûr?

— De quoi?

— Que c'est ce que tu veux? Il y a dix secondes, tu te plaignais qu'il ne t'ait rien dit!

Le soir même, peu avant l'extinction des feux, Mathis alla toquer chez Pablo. Son copain travaillait ses maths.

— J'ai parlé à Nolan, annonça-t-il.

Le défenseur leva sur lui un regard triste.

— Ouais?

— Ce n'est pas si grave que ça en a l'air.

— Tant mieux.

Un silence.

— C'est tout? demanda Mathis.

Pablo referma son cahier.

— Le coach m'a tout raconté. Quatre mois d'indisponibilité. Et c'est ma faute : voilà. Vous pouvez dire ce que vous voulez, c'est ma faute. Tu imagines, s'il rate sa formation? Peut-être qu'il ne pourra jamais jouer en Équipe de France à cause de moi.

— Tu ne crois pas que tu exagères, là?

— Laisse tomber. Tu ne peux pas comprendre.

★

7

Les jours suivants ne se passèrent pas
très bien – ni pour Nolan (ce que tout le
monde comprenait) ni pour Pablo (qui se
renfermait sur lui-même, mais que personne n'aurait songé à plaindre).

L'école, ça n'avait jamais été la grande
passion de Pablo. Mais il savait qu'il ne
devait pas décrocher s'il voulait garder sa
place à l'INF. Pourtant, depuis l'incident
avec Nolan, il bâclait ses devoirs, survolait
ses leçons et, incapable de se concentrer,
passait l'essentiel de ses cours à griffonner
sur ses cahiers.

Sur le terrain, la situation n'était guère plus brillante. En temps normal, Pablo ne vivait que pour le foot : à l'INF, rares étaient ceux qui suivaient les championnats français et étrangers avec autant d'assiduité. Chaque dimanche, en principe, il se donnait à fond pour son équipe (le Gennevilliers C.S.M.), qui se félicitait de disposer d'un joueur aussi investi et talentueux. Connu pour être un défenseur engagé, il n'hésitait jamais à aller au contact, et son gabarit impressionnant lui prodiguait un avantage.

Mais depuis les derniers matchs d'entraînement à Clairefontaine, il ne faisait plus peur à personne sur la pelouse. Ses tacles devenaient de plus en plus rares et manquaient terriblement d'assurance. Dans les duels aériens, il était systématiquement battu. Quand il courait après un attaquant, il lui arrivait souvent d'abandonner... alors que son physique lui aurait permis de s'imposer sans problème.

Un jour, en fin de séance, Frédéric Gerner vint le trouver.

— Qu'est-ce qui se passe en ce moment ?

Pablo fit celui qui ne comprenait pas.

— Rien. Tout va bien.

— Certainement pas. Tu refuses le combat.

Le défenseur haussa les épaules.

— Le foot n'est pas un combat.

— Ce n'est pas *que* ça. Mais c'en est un *aussi*. Comme tous les sports. Un combat amical, mais un combat quand même. Contre les autres, contre toi-même. Ça fait un moment que je t'observe. Tu sais ce que je vois ?

— Non.

— Un garçon qui a la trouille.

— Pas du tout !

— Peut-être que tu ne veux pas te l'avouer.

Pablo se détourna. Il n'avait aucune envie

de poursuivre cette conversation. Il se sentait honteux, et perdu.

— Je suis juste fatigué. Je peux rentrer au vestiaire, coach?

— Tu dors mal?

Le défenseur eut un geste évasif. Il ramassa un ballon et se mit à jongler en s'éloignant.

— Tu ne pourras pas te cacher éternellement, tu sais! lui lança le coach. Tôt ou tard, il faudra bien que tu affrontes ce qui s'est passé.

Nolan, de son côté, rongeait son frein sur le banc. Depuis sa blessure, il ne pouvait que regarder les autres s'entraîner, et il avait beaucoup de mal à rester inactif. Les premiers jours, sur le bord de la pelouse, il avait passé son temps à crier des conseils aux autres joueurs. Jusqu'à ce que Frédéric vienne lui demander d'arrêter.

— Je comprends que tu sois frustré, mais chacun son travail, d'accord ?

— Et qu'est-ce que je peux faire, coach ?

— Observer. Écouter. Prendre ton mal en patience.

Évidemment, ce n'était pas ce que Nolan avait envie d'entendre. Lui, le meneur-né, il était désormais réduit à l'impuissance. Et cette sensation de ne rien contrôler le rendait fou.

La situation ne s'arrangea pas ce soir-là : son cahier d'histoire sous le bras, il essayait de gagner la salle commune lorsqu'une de ses béquilles glissa. Il s'étala de tout son long, et le cahier tomba au sol, répandant toutes ses feuilles en éventail.

Le juron qui suivit avait retenti si fort au premier étage que chacun interrompit son activité.

Désiré, qui arrivait pour apporter son aide, fut prié de le laisser tranquille. Jurant entre ses dents, Nolan ramassa ses feuilles, seul, puis retourna dans sa chambre. La porte claqua avec force.

Pablo, qui avait assisté à la scène, resta pétrifié sur le seuil.

★

8

— **Plus que dix jours** et tu seras libéré de ce truc.

Assis dans le bureau de Youssef qui l'avait fait venir, Nolan regardait son plâtre immaculé. Finalement, personne n'avait dessiné dessus, ni même écrit. Ces derniers temps, ses copains le laissaient tranquille. Constatant qu'il était de mauvaise humeur, ils s'étaient dit qu'il avait sans doute besoin de rester un peu seul.

— Physiquement, reprit le surveillant des élèves de première année, il n'y a aucune raison que les choses se passent mal.

Mentalement, c'est une autre histoire.

— Qu'est-ce que vous voulez dire?

— Tu as changé, Nolan. Je ne te dis pas que c'est inquiétant, mais ce serait mieux de le reconnaître. Demain, on est mercredi. En rentrant du collège, directement après le déjeuner, tu iras voir le psy.

— Ça ne sert à rien.

— Tu te trompes. Tu n'es pas heureux. Et personne ne peut le redevenir à ta place.

— C'est ma faute?

— Je n'ai jamais dit ça, mon grand. Ce sera ta faute si tu ne fais rien. Si tu ne sors pas ce que tu as à sortir. Nous, on est là pour t'aider, mais on ne peut pas faire les démarches à ta place.

Le défenseur haussa les épaules.

— Je veux devenir pro.

— Comme tout le monde ici. Et puis?

— Un pro n'est pas rancunier. Il serre les dents, et il passe à autre chose.

— D'accord avec toi. Mais parfois, il faut un coup de pouce pour y arriver.

Nolan se mura dans le silence. Youssef n'était pas psy. Il pouvait donner des conseils de bon sens, mais cela s'arrêtait là.

Le lendemain, par contre, lors de son premier entretien avec le psychologue de l'INF, l'apparente indifférence de Nolan ne mit pas longtemps à céder.

— Tu en veux à Pablo? demanda le psy.

— Non.

— Parce que tu penses que c'est mal, d'en vouloir à quelqu'un? Il t'a taclé. Il t'a cassé la cheville. Lui, et personne d'autre. Ce serait normal que tu éprouves un peu de colère.

— Il n'a pas fait exprès.

— J'espère bien. Le résultat, en attendant, c'est que tu ne vas pas jouer au foot pendant trois ou quatre mois, et que lui, si. Que tu vas prendre du retard, et que lui, non. En plus, vous jouez au même poste. Il faut que tu donnes un sens à ce qui s'est passé, Nolan. Est-ce que c'est toi qui es responsable de cette cheville cassée? Ou est-ce que c'est lui?

Le défenseur croisa les bras.

— C'est lui.

— Nous sommes d'accord.

— L'autre jour, quand je suis tombé par terre dans le couloir, et le lendemain, quand j'ai glissé sous la douche, je l'ai insulté.

— En face-à-face?

— Ben non.

Le psy sourit.

— Un bon début. Écoute: que tu sois en rogne, rien de plus normal. Seulement, tu ne peux pas l'être contre toi-même. Et tu ne veux pas l'être contre lui non plus: parce que tu es censé être le rassembleur de votre bande. C'est bien ça?

— Je ne sais pas.

— Pense aux copains, Nolan, ils ont besoin

de vous deux. Un différend au sein d'une équipe, ce n'est jamais très bon.

Sur un des terrains synthétiques de Claire-fontaine, un peu plus tard dans l'après-midi, Pablo distribuait des passes à ses partenaires en tournant sur lui-même : jeu balle au pied, en mouvement. Une fois, deux fois, puis trois – le ballon manqua sa cible. Ses partenaires, qui jusque-là s'étaient montrés patients, commençaient à s'énerver. Son jeu n'avait jamais été aussi imprécis.

Dans sa tête, les pensées se bousculaient. Tout le monde le détestait – en tout cas, c'est ce qu'il se disait. Nolan était considéré par la bande comme le meilleur défenseur de la promotion. Pablo avait l'impression d'avoir pris sa place... et de ne pas être à la hauteur.

À la fin de la séance, comme souvent, Frédéric Gerner décida d'organiser un petit match.

Pablo, qui jouait dans l'équipe de Yannis et

de Jordan, se fit discret pendant la majeure partie de la rencontre. Ce n'était pas un problème : le match se jouait la plupart du temps dans le camp adverse. Quand la balle lui arrivait dans les pieds, il se contentait de relancer – par de longues transversales.

Vers la fin, Rafik, qui s'était échappé de son marquage, se présenta seul contre lui. Feinte, passement de jambes... Il tenta de déborder Pablo sur son flanc gauche pour repiquer vers la surface.

Il était vif, plus rapide que le grand défenseur. Frustré, voyant qu'il ne le rattraperait pas, Pablo tendit la jambe. Rafik eut le réflexe de sauter, mais perdit tout de même l'équilibre et roula quelques mètres plus loin, tandis que la « tour de contrôle » se relevait, comme si de rien n'était.

L'action n'avait échappé à personne, et plusieurs joueurs regardèrent Pablo d'un drôle d'air : ils n'étaient pas habitués à le

voir commettre ce genre de faute. Le coach porta aussitôt son sifflet à sa bouche.

Quelques minutes plus tard, à l'occasion d'une pause, Frédéric entraîna le grand défenseur à l'écart.

— Tu ne sais plus tacler ?

— Hein ?

— Quand on tacle, c'est le ballon, l'objectif. Tu étais en position de faire quelque chose de propre, mais tu as choisi la facilité. Une faute, c'est un aveu de faiblesse.

Pablo se frotta la nuque, le regard dans le vague.

— Peut-être que je suis nul ?

— Personne n'est « nul », ici. Tu le sais très bien.

Pablo avait du mal à regarder son entraîneur dans les yeux.

— Vous savez comment ils m'appellent, les autres ? « Le boucher ».

— Les autres ? Quels autres ?

D'un hochement de menton, le joueur désigna un milieu de terrain.

— Peut-être que quelqu'un a dit ça une fois. Et puis quoi ? Les provocations font partie du jeu. Tu dois maîtriser tes nerfs, sans quoi tu ne seras jamais un bon défenseur. Tu crois que c'est la dernière fois que quelqu'un essaiera de te faire craquer ? Il y a un problème là-dedans, ajouta le coach en lui tapotant le crâne. Il faut que tu règles ça... Moi, je me charge des « autres ».

9

Nolan avait, depuis son banc, assisté à toute la scène.

— Depuis qu'il a fait cette faute sur toi, il joue super moins bien, lui souffla Mathis à côté de lui. Ce serait vraiment utile que tu lui parles.

— Je n'ai rien à lui dire.

— Tu ne vois pas qu'il a un problème ? Avec les copains, on essaie de trouver un moyen de lui faire reprendre confiance. Le truc, c'est que le mieux placé, et de loin, c'est toi.

Le défenseur avança sa jambe plâtrée.

— Ouais, et la victime, c'est moi aussi. Faudrait quand même pas inverser les rôles.

Mathis secoua la tête.

— Non, mais sérieux, dites-vous ce que vous avez sur le cœur une fois pour toutes. Qu'on puisse passer à autre chose. Tu vois bien qu'il n'arrive pas à faire le premier pas : alors vas-y, toi !

Nolan ne répondit pas. Mais ni ce jour-là ni les suivants il n'alla trouver Pablo. Il lui était facile de se convaincre qu'il avait toujours plus important à faire. La rééducation qui l'attendait, par exemple.

Un matin de novembre, l'ambulance vint chercher Nolan pour le conduire au centre hospitalier de Rambouillet. Un mois avait passé. Le chirurgien allait lui ôter son plâtre. Enfin ! Cette fois, en quittant Clairefontaine, le jeune garçon eut l'impression que le trophée de la Coupe du monde avait retrouvé son éclat.

Le médecin parut content de le revoir.

— Le grand jour, hein?

Au moyen d'une petite scie électrique, il le libéra rapidement. Découvrant son mollet et sa cheville, le défenseur ouvrit de grands yeux : son mollet était tout maigre, la masse musculaire avait fondu.

— Eh oui, lui expliqua le chirurgien, le muscle s'use quand on ne s'en sert pas. Pose le pied par terre, pour voir?

Cramponné à ses béquilles, Nolan effleura le sol de son talon, essayant de retrouver ses anciennes sensations. Il était incapable de tenir debout sans aide. C'était bizarre. Et terriblement décevant.

Le chirurgien, qui avait noté son changement d'expression, lui administra une petite tape dans le dos.

— Le plus dur commence maintenant. Le plus intéressant, aussi. Jusqu'à présent, tu ne pouvais pas faire grand-chose. J'ai discuté avec ton kiné, au CNF. On t'a concocté un

71

programme de rééducation sur mesure. Plus tu y mettras de la bonne volonté, mieux ce sera.

Nolan, un peu regonflé, acquiesça. Le soir même, il était de retour à Clairefontaine où ses amis l'attendaient pour fêter cette étape. Dans sa chambre, les visites se succédaient. Le mollet atrophié était l'objet de commentaires désolés et de questions auxquelles il ne savait pas répondre. « Mais ça ne te fait pas mal du tout ? » « Est-ce que tu pourras courir comme avant ? » « Quand est-ce que tu vas recommencer à taper dans le ballon ? »

Nolan s'efforçait de répondre avec le sourire, mais quelque chose, ou plutôt quelqu'un, l'obsédait : Pablo. Pourquoi ne se montrait-il pas ? Ce n'était quand même pas à lui d'aller le chercher !

Le temps de la rééducation était donc arrivé. Le temps des exercices avec le kiné. Sauter sur son pied opéré. Marcher sur un ballon ou dans la piscine. Travailler en opposition. Rétablir la symétrie. C'était ingrat, c'était long... mais il progressait et, malgré les efforts à consentir, il finissait par apprécier ces séances quotidiennes au Centre médical. On ne lui avait pas menti, c'était le top !

Au bout de deux semaines, Antoine Pelletier lui-même vint féliciter le défenseur qui, de l'avis de l'équipe médicale, suivait son programme de remise sur pied avec le plus grand sérieux.

— Tu es dans les temps, mon grand. À mon avis, d'ici six semaines, tu pourras recommencer à t'entraîner.

— Super.

— Ça peut te paraître loin encore, mais il ne faut pas brûler les étapes. Je préfère attendre que tu recouvres *tous* tes moyens. Et je suis sûr que toi aussi.

Et Pablo, pendant ce temps?

Il paraissait s'être calmé. C'était bien le problème, d'ailleurs. Dans les évaluations de match qu'il devait rendre chaque début de semaine à l'équipe éducative, le défenseur se montrait lucide. Il jugeait son investissement « faible ». Non, il ne donnait pas le meilleur de lui-même. Non, il n'était pas à la hauteur des objectifs qu'il s'était fixés en début de saison. Oui, quelque chose avait changé. Et il n'existait qu'une façon de régler le problème, Pablo le savait : parler avec Nolan. Frédéric le lui avait dit. Le psy qu'il commençait à voir le lui avait dit. Mais il n'osait pas. Plus le temps passait, plus ça lui paraissait compliqué. Ridicule, aussi. « Salut, mon pote. Je suis désolé de t'avoir cassé la cheville. On est quittes ? »

Pablo était un garçon entier, avec un cœur énorme. La douleur de son copain, sa frustration, sa colère, il les ressentait comme si c'était à lui que tout cela était arrivé. Sauf que lui, il pouvait encore courir. Tacler. Taper dans un ballon. C'était trop facile.

La situation, donc, paraissait bloquée. Le grand défenseur persistait à faire profil bas. Mais à un moment donné, il lui faudrait bien avancer.

★

10

L'hiver approchait. Chacun, à Claire-fontaine, continuait à tracer sa route. Les élèves de première année progressaient. Pas tous de la même façon, pas tous au même rythme, mais ils avançaient. Antoine Pelletier, le directeur, couvait tous ses effectifs d'un regard bienveillant. D'ici quelques semaines, Nolan serait de retour sur le terrain. Chaque jour, au Centre médical, au milieu d'autres sportifs en rééducation, Nolan travaillait d'arrache-pied avec Laurent, le kiné, pour retrouver sa mobilité, sa vitesse, sa puissance. Les entrevues avec le psy avaient fini par s'espacer. Il allait bien, globalement. Il restait juste une petite ombre au tableau. Et cette ombre s'appelait Pablo.

Étrange, quand même. Il avait été blessé, mais ce n'était pas lui qui paraissait le plus souffrir. Il allait de mieux en mieux et avait retrouvé sa place au sein de la Team. Son ami, lui, semblait s'isoler chaque jour davantage.

De temps en temps, Jordan, Mathis ou Désiré lui demandaient s'il avait parlé à la « tour de contrôle ». « Plus tard », répondait toujours Nolan.

En fait, c'était peut-être un hasard, mais que ce soit dans le car, au réfectoire, au collège, sur le terrain, les deux défenseurs se trouvaient rarement au même endroit au même moment. Et quand ils étaient ensemble avec les autres, une gêne subsistait entre eux, qui minait l'ambiance de leur bande.

Désiré, qui était passé par une phase un peu difficile au début de sa formation, savait très bien ce que Pablo était en train de traverser. La solitude, l'enfermement sur soi : rien de tout ça n'était bon. Comme il s'entendait avec tout le monde, et qu'il était plutôt écouté, il finit par se persuader que c'était à lui de réconcilier les deux défenseurs.

Un matin, au petit déjeuner, il en parla à Mathis. L'idée était de « piéger » les deux garçons, de les forcer à se rencontrer et provoquer un face-à-face. Puis de les laisser régler leurs affaires.

— Il faut que tu donnes rendez-vous à Pablo.

— Comment ? demanda Mathis.

— Je ne sais pas. Trouve un prétexte. Un truc de devoirs ?

Le petit milieu approuva.

— Et toi, tu fais pareil de ton côté avec Nolan, c'est ça ?

79

— Exactement.

L'accord fut scellé par un « check » discret.

Le lendemain après-midi – un mardi –, Nolan, qui marchait toujours avec ses béquilles, vint retrouver Désiré dans sa chambre. Celui-ci avait ouvert son livre de maths à la page du jour. Il avança une chaise pour Nolan.

— C'est sympa de m'aider, fit son copain en s'asseyant à son côté.

— C'est normal. Je vois bien que tu galères, répondit Désiré.

Dix minutes durant, ils planchèrent sur un exercice de géométrie que personne, dans la classe, n'arrivait à résoudre. Personne, sauf Désiré. Mais celui-ci, nerveux, n'arrêtait pas de jeter des coups d'œil à sa montre. Que fabriquaient Mathis et Pablo? Ils auraient dû se trouver là.

Au bout d'un quart d'heure, n'y tenant plus, le grand milieu de terrain se leva.

— Qu'est-ce qui se passe? demanda Nolan.

C'est à cet instant que Mathis arriva, essoufflé.

Seul.

— Et alors? demanda Désiré.

— On devait se retrouver devant la cafétéria, mais il n'y était pas. Personne ne sait où il est passé. On a entraînement dans une heure.

— Personne ne sait où est passé qui? demanda Nolan, qui ne comprenait rien.

Ses copains lui expliquèrent alors. Oui, ils avaient monté un stratagème pour les forcer à se parler, Pablo et lui. Mais à présent, ils étaient inquiets. Le grand défenseur avait disparu.

Pendant trois bons quarts d'heure, ils le cherchèrent. Nolan, interloqué, leur en voulait un peu : de quoi se mêlaient-ils ? Seulement, il n'arrivait pas à être vraiment en colère. La vérité, c'est qu'ils avaient raison. Il fallait en finir. Régler cette histoire qui les empêchait l'un comme l'autre d'avancer.

Soucieux, pensif, le défenseur se dirigea vers le Centre médical pour sa séance de rééducation quotidienne. En chemin, il croisa un groupe de jeunes stagiaires revêtus de la tenue officielle tricolore. Sans doute une sélection nationale...

Arrivé devant la salle de training, Nolan s'arrêta, surpris.

Pablo était là, qui discutait avec le kiné. Qu'est-ce qu'il fabriquait ici ?

★

11

Les deux garçons se dévisagèrent.

— Salut, fit simplement Nolan.

— Salut, souffla Pablo en baissant les yeux et en s'éloignant.

Déconcerté, Nolan s'avança vers Laurent, qui préparait les machines pour lui.

— Il a quoi, Pablo?

— Physiquement? Rien.

— Alors pourquoi il est venu?

Le kiné eut un sourire.

— Tu devrais peut-être lui demander toi-même... (Puis, devant la mine ahurie de son patient) Il s'inquiète pour toi. Voilà pourquoi il est ici. Ça fait, quoi... dix fois qu'il vient me trouver. Il me pose des tonnes de questions. Sur ton programme. Il veut tout savoir. Ce que tu fais. Si tu as mal. Parfois je lui réponds, et parfois non. Le secret médical, ça existe, hein! conclut-il avec un clin d'œil. Sans rire, Nolan, je crois que ce serait mieux de...

Il n'avait pas terminé sa phrase que, déjà, le défenseur sortait de la salle, aussi vite que ses béquilles le lui permettaient. Seul, un peu voûté, son copain se dirigeait vers le terrain d'entraînement.

— Pablo. Pablo!

Le défenseur se retourna, lentement. Son regard s'agrandit. Nolan s'arrêta à un mètre à peine.

— Je voulais que tu saches...

Pablo se racla la gorge.

— C'est moi, qui dois te dire quelque chose. (Il déglutit, rassemblant ses forces.)

Je suis désolé, Nolan. Je suis désolé que tu aies perdu autant de temps à cause de moi. La promotion a besoin de toi. Tu manques, sur le terrain. Moi, que je sois là ou pas, personne ne fait la différence.

Nolan secoua la tête.

— Tu te trompes. Je parle avec les autres, tu sais? Ils sont tristes pour toi. Ils ont l'impression que tu veux tout laisser tomber.

— J'y pense, parfois.

— Eh bien, c'est débile. Tu veux savoir si je t'en veux? La réponse est oui. Je t'en ai voulu, en tout cas. J'ai parfois eu envie de t'insulter!

Pablo fit la grimace.

— Et... maintenant?

Son copain leva les yeux vers la cime des arbres.

— Ça m'a pas mal appris, cette blessure. Sur la douleur, sur l'effort, sur le découragement. Je ne vais pas te dire merci, mais bon.

Nous devons tirer des leçons de nos expériences. C'est ce que m'a expliqué le psy.

— Ah, tu l'as vu, toi aussi? Il est trop bizarre, non? T'as remarqué qu'il avait toujours des chaussettes de couleurs différentes?

Nolan ne put s'empêcher de rigoler.

— Moi, il me pose des questions, je peux répondre n'importe quoi, il me dit toujours : « Intéressant. »

— Intéressant, commenta Pablo.

Nolan éclata de rire, et son copain l'imita. Et soudain, c'est comme si un gros poids quittait sa poitrine. Depuis combien de semaines n'avaient-ils pas ri ensemble?

— La vérité, c'est que j'avais besoin de rester en colère contre toi. Car cette colère m'a bien servi, elle m'a aidé à me battre. Mais maintenant, regarde... (Il lâcha ses béquilles, se tenant en équilibre sur son pied blessé.) Le chemin ne sera plus trop long.

Pablo se baissa pour ramasser ses béquilles et les lui tendit.

— Alors, on... on est quittes ?

— J'en ai bien peur, mec. À partir de maintenant, toi, il faut que tu te détendes. Et moi, faut que je guérisse pour redevenir meilleur défenseur que toi.

— Tu peux courir.

Nolan le dévisagea, faussement vexé.

— T'aurais pas une expression un peu moins naze ?

Ils rigolèrent de nouveau. Puis Pablo redevint grave.

— Tu crois qu'on va y arriver ?

Côte à côte, ils reprirent le chemin qui les menait à l'entraînement.

— J'en suis sûr, lâcha Nolan.

Devant la pelouse, déjà prêts à en découdre, leurs copains, Mathis, Désiré, Rafik et les autres, les regardaient arriver ensemble.

Ils échangèrent un regard soulagé. Yannis, jamais en retard d'une vanne, se présenta devant eux, ballon sous le bras.

— Mince alors ! Vous êtes de nouveau meilleurs potes ?

Nolan eut un sourire ironique.

— Pablo était en train de m'expliquer comment on pète une cheville. T'as pas intérêt à trop me chambrer avec tes petits dribbles pourris !

Balle au pied, Yannis se mit à fanfaronner devant lui, en multipliant les contrôles. Pablo s'avança et, d'un shoot surpuissant, envoya le ballon dans les fougères.

— Ne fais pas le malin ! On est la Team Défenseurs. Solidaires. Invincibles.

— Ça promet, marmonna le petit attaquant en s'enfonçant dans les sous-bois.

Tous les autres avaient fait cercle autour de Pablo et Nolan. Frédéric Gerner, qui avait assisté à la scène de loin, porta un sifflet à sa bouche pour les prévenir que la séance allait commencer.

Pablo se tourna vers Nolan.

— Tu veux que je t'aide?

— J'allais te demander la même chose.

Ces deux pages te permettent d'en savoir un peu plus sur l'Institut National du Football de Clairefontaine...

Le CNF, le temple du football

Ce n'est pas pour rien que le Centre National du Football de Clairefontaine (CNF) est surnommé le temple du football! Inauguré en 1988, ce grand domaine de la forêt de Rambouillet (en région parisienne) est la résidence de l'Équipe de France, ainsi que le lieu d'accueil de l'ensemble des sélections nationales, féminines et masculines, des moins de 16 ans (U16) aux «A» en passant par le Futsal. Tous viennent s'y entraîner avant leurs rencontres internationales.

Le centre héberge aussi l'Institut National du Football : les jeunes stagiaires du pôle Espoirs, âgés de 13 à 15 ans, y effectuent leur pré-formation, avant d'intégrer les meilleurs clubs professionnels.

Quartier général de l'élite du football français, le CNF est admiré et imité dans le monde entier! Il accueille d'ailleurs des clubs professionnels français et étrangers en stage.

À l'INF, tout est fait pour favoriser la concentration des pensionnaires. Ils n'ont accès à leur téléphone portable que 45 minutes par jour, entre le dîner et l'étude. Le reste du temps, le collège et l'entraînement les occupent suffisamment !

DÉFENSEUR

Le défenseur doit bloquer les attaques adverses. S'il est souvent de taille imposante et très athlétique pour pouvoir prendre le dessus sur ses adversaires, c'est avant tout son intelligence de jeu qui fait la différence: coordination avec les coéquipiers, science du placement sur le terrain, concentration et sang-froid.

CLAIREFONTAINE
L'école des Bleus

NOLAN
Défenseur
Rassembleur, toujours de bon conseil
1ʳᵉ année – Pôle Espoir INF

CLAIREFONTAINE
L'école des Bleus

TU AS AIMÉ CE ROMAN ?
Découvre un autre tome de la série !

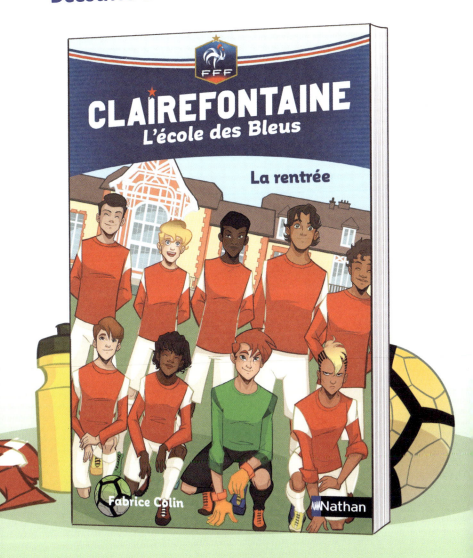

disponible en librairie

Of DE 5/18

MIXTE
Papier issu de
sources responsables
FSC
www.fsc.org   FSC® C022030

N° éditeur : 10241405
Achevé d'imprimer en avril 2018 par Pollina - 85221